初生的白

羅任玲

目次

輯三／圓滿之歌

輯四 / 初生的白

自序

穿越那片廣大的祕密花園

0.

至今我還清楚記得，帶著母親轉搭許多趟地鐵，穿越那片廣大的祕密花園，來到遙遠陌生的修道院博物館。寧靜美好的午後，像夢一樣。

那是二〇一三年的夏末，為了帶二姊「回家」。

中世紀的修道院博物館，幽靜無人的下午，我和母親在沁涼的石造建築裡走著，沉默地看著那些中世紀的人像、傢俱、祈禱室。陽光從高高的窗子透進來，那些製作人像的手、祈禱的人，早就不在了。

而我想著，剛剛才離開不久的二姊和哥哥，現在都去了哪裡？光影迷離交錯，母親在一旁靜默不語，我始終看不清楚她的表情。那個下午，我拍了很多照片。

兩年後，母親也離開了。

被時光封存的，永恆的夏日，永晝般的祕密花園。隱喻一般的夏日花園。腐屍，蛇蛻，蚊蚋，豔麗至極的奇異花卉。

邪惡，美善，歡愉，眼淚，疼痛……
沒有母親帶我穿越無始無終的暗黑，
穿越時空邊際，來到這個世界——
這一切根本不會發生。

而詩是那，點亮一切的關鍵嗎？

更往前呢？

1.

一家人都還安然的二〇一二年立冬。

從車站出來，天色將暗未暗，依稀見得一絲天光。L問我，接下來要去哪裡？我說，要去一個地方。總是這樣，每當別人問我要去哪裡時，我總這麼回答，其實這地方從來不曾存在，但我無法跟別人解釋我要前往的是一個抽象的地方。

更多時候，是心的穿越……

走上木棧道不久，一隻黃犬跟了過來，是流浪狗，從牠下垂的尾巴
和隱隱露出的排骨就知道牠流浪很久了。我停下來，牠也站定了，
用細長而尾梢吊起的眼睛看我。那樣狐疑。
同樣是生存，牠的存在對這世界有任何意義嗎？

那麼多卑微的命運。

放眼這幾無人蹤的冬日深林，落日，遠方不明人家的炊煙。
裊裊升起的，生之欲望。無常之跡。
那些破碎的，生之片斷。

2.

詩是穿越那無常之跡的拼圖。

當我穿越那些無人知曉的時刻，像穿越一片荒蕪的神祕野地，困難的沼澤。有時暴雨有時天晴，更多時候是濃霧。我必須自己撥開那些荊棘。生命從來不曾應允簡單。心的旅程只能自己前往。

一直到很晚，我才體會到，死亡（之暴力）是生命最大的禮物。不曾穿越死蔭的幽谷，如何知曉生之可貴？（雖然這個「生」常常看來如此荒謬。）萬物皆然。

赫拉巴爾說的：「我們都是掘墓者，帶著准假單來到這個世界。」一切擁有都是暫時，豈只我們最心愛的人事物，還包括我們自己的肉身。

肉身短暫，唯詩永恆。

3.

詩是穿越。

從十一歲被學校派去參加全國兒童作文比賽，寫下那首不成熟的現代詩算起，我的詩齡已超過四十年了（可惜是即席創作，沒帶回原稿，只記得也是描寫夏日花園）。當年由父母陪同到師大領獎，且在校園留影。那個愛詩的孩子。每次我回到師大，彷彿都能在校園裡遇見她。那個青澀又倔強的，不喜規範，不愛上課，總往大自然裡跑的孩子。穿越這麼多年的時光，來到現在，依然視詩為一切。

我與她，那麼遙遠又那麼近。

是詩，讓那些消逝的雲煙歲月又重聚了。

早就不再有人派我去參加什麼比賽。繼續寫詩，是為了和靈魂在一起。為了讓離開的成為永遠。為了萬物有情。

莫忘初心。
生之初與詩之初。
詩是密碼，是飛行，是海洋。
詩是至大，是極微。
詩穿越一切。
一切都將過去，唯有詩會留下來。

二〇一七・七・七

17—— 16

輯一　紀念

櫻樹

我願意這樣長長
久久坐在一棵櫻樹下
（夕陽為她鬆上好看的薄衣）

當有人問她的名字
晚風把它說出來

有人問荒蕪的籬舍
她的手探向昨日虛空

還有人問起死亡
她垂首卻不發一語

至於一些
更久以前破損的世界

曾經逃逸又回來的
花，葉，果實

她不說出來的那些
完整和自由

當夜霧籠罩

春寒的雀鳥棲身
在孤獨與愛的懷裡
（那些遼闊的夢的荒野）
星星是亮的
露水也是

野地

每一朵花都是一盞燭台
黑夜逐漸遠離，或者逼近
那些生命中最險峻的時刻
灼灼燃燒那些頑強
從背後追趕過來的
模糊散亂的時光
踩下痛的足印

乃至於

善男子善女人
永不忘懷那火中之火

寶貝瓔珞野地裡
毀壞顫慄的燭台

隨風散落在生之旅途
也可能，那就是最好的

燃盡自己
所有犯過的錯

崩毀有時
星月有時，
漸漸看見
一條霧中小徑。
那樣清晰
完整，
誰也不能
將它帶走

旅行時帶回來的一朵雲

旅行時帶回來的一朵雲
長大了，就住在大廈後方

夜深返家的人們
總以為掉進了霧裡

白天她總是出遊
從不告訴我，去了哪

有時也帶回相似的遊伴

說我聽不懂的話
互相從袋子裡，倒出幾粒星星
大廈因而整晚不必點燈

有時她一出門
就是一個月半個月
大廈住戶都說：最近天氣變好了

但有一次，她實在去得太久
雲是不寫信的，她不明白人世
不知道時間的樣子
而我甚至不知道，她到底幾歲

那些與她無關的念力
深深的噩夢

直到有一天，我終於忘了
曾經擁有一朵雲這件事

在生命最深的底部
沒有人知道的一朵雲
即使徹底消失了，也無所謂

有一天，一個小女孩終於
按錯了我家門鈴

我打開門
她手上一朵棉花糖
柔軟　芳香　無辜

那眼神如此熟悉，我知道
風曾輕拂過她的臉頰

變成雨，露
映照一千萬個她自己

落下來
終於

打出一個粉紅色結尾
睡著了

那麼小
而且安安靜靜
一張單程票

不曾遺憾
沒有地址

像鬆開記憶的
門與微風
像所有悲傷的故事

終於夢見了
美麗的結局

陌生人

陌生人在美的臂彎裡休眠
那些無從察覺的美的譜系
岩石的腳
雲的臉
匆匆進入他們的懷裡

他們在那裡相遇
喝夢中的櫻花
慢慢地啜飲
以為那是永遠

陌生人喝去春天
又喝走了夏天
在長路上相擁道別

天暗下來
暗下來

風把他們帶走了
去找一些更陌生的燈火
變成桑田的親人

湖畔

你如何說服我
那只是一座湖的一生

時間吹落黑夜的果實
草叢裡的寂寞和深淵

被幾朵雲的倒影完整
又被滿天的星星破碎

世界如此沉重哀傷

你如何說服我

那裡

仍有輕盈遼闊的可能

二〇一五・十・二十六（寫於母親手術之日）

微悟

口啣著死亡那顆晶瑩的漿果，
祂前來親吻了一下。

天已經濛濛
亮了。

紀念

電話響著，一直一直響著
整個冬天的寂靜一哄而散

她在鏡框裡微笑著
決定不再接聽任何電話了

鏡框裡有二十年前的雨
三十年前的陽光

一群人站在裡面，站在外面

她決定不再睡眠了
不再和任何人講一句話
就這樣看著，微笑著
她的孩子悲傷，不和她說話

也有

死亡每一天都在
帶走什麼
夏日濃蔭的山谷
奔跑過危顫顫吊橋
就再不回頭的
那一天的夕陽
死亡也有

帶不走的

秋陽暖香的被子
爐中清茶的溫度

在屋簷下與你
一起淅瀝淅瀝的

雨和雨

葉子

一片葉子老了，它被分發到一個孩子的夢裡。教他傷心，聽風的聲音。那裡沒有黑板、粉筆擦，凡是夢過的，都被風擦去一點點。

夢中的孩子漸漸長大，那葉子老得不能再老了。它捲起自己，被風吹去。吹進洶湧的河水。已經成為老人的孩子，向它揮手。揮手，直到自己也成為黑夜的一部分。

寒露之後

1.

那些不為什麼的
子夜的鳥囀
清越

但也有粗嘎的
火車與深谷間的爭執
過一會兒，就都散掉了

陌生的人走過荒蕪長巷

一樣地忽略了第三個轉角

多年前
有一株夢想的蒲公英。

2.

母親搬了一張小椅
坐在朝陽的露珠之上

她喚我過去
看一種非常美麗的紫黃色小花
像一顆雨珠的樣子

夢境封藏的碎片

3.

那是她的
最後一個夏季。

憑什麼我也以為
還有很多晴雨
夏日

去看我想看的黃昏
把漂泊清掃

寫我　想寫的字

4.

寫我　想寫的字
生命的寒露。

美善還在長大
織出一張萬物的臉
（曾經那也是祂
荒廢的領地）

蘋果樹下眾多的腳
無聲奔馳
收穫了一枚深秋的蛇信。

祕境

之一

聽光陰飛過夜空鏡子裡的人早已啟程不再回來留下一條長長的小徑野犬時常出沒。

之二

久雨後的陽光
空氣裡出現一種寧靜
細微的氣味
那是母親從市場買來

用心調煮
食物的芬芳滋味

那樣溫暖熟悉以至於
我以為下一刻

母親就要喚我回去
那明亮溫暖

她還在的早餐桌了

回憶錄

藍色涼風扇。高腳杯。
盛夏龐大的陰影。
永恆拿著鑰匙進來，
在沙發上坐了一個下午。
逐漸被秋雲吞噬……

致某蝴蝶

海風微涼這是夏末初秋
停駐在夜的墳場

死去的你
與生時未曾兩樣

甚至更美。
你的前世曾經棲居
吞噬所有薄弱的生者

在我心愛的樹上

那些無法抵抗的醒之要素
星月，花影，和淚水

（永恆而不易變質的）
現在你終於也
安靜地睡了

當殘忍和不忍
彼此夢見的時候

後巷

麻雀無所事事地張望
懸掛誰家窗櫺的往事

那些豆瓣，筍乾，花香
雨天後巷的氣味

我也想過有這樣一天
沒有一點聲響

只有雨，敲打空的波浪板

我也想過有這樣一天

只是不應該是現在
以為你還在你的房間裡

黑暗把你留下
像一個漫長的鎖

只要不輕易說出
那個字

一切都可以重新來過

花香，憾恨，禮物
時間通過了後巷的雨

時間留下了漫長的每一天

沙

她回到年少時幽暗的老洋房。死去的母親在廚房準備便當。死去的哥哥在二樓小房間複習功課。死去的二姊正要談生命中的第一場戀愛。而她穿過了他們之中的光陰，來到了飄霧的二樓露台。對街國小操場上的那隻大象，水泥做成的牠，也已經老了。風把很細很細的操場的沙，一直吹送過來，直到鋪滿了整個空蕩的房間。

雨中庭院

德布西的水藏著夏天，水母也是。

海洋裡的透明族類，在攝氏溫度表行將爆裂逃逸的午後，偷偷攜著牠的傘，鑲著滑動的流蘇，潛進夢者的後門。一隻豌豆般柔綠軟涼的水母。德布西在夢者的琴聲前守候多時了。是那首〈雨中庭院〉，淅瀝的冰珠從琴鍵上方滾落。

安靜的水母在一旁睡著了。

每年夏天，夢者都要回去童年一次，從高高的琴譜中抖動雨聲，一些細微、破碎的音屑。母親趿著拖鞋上來，在游移的光影裡開口說話，模糊的臉龐漂浮空中。豢養水母是椿祕密，養在心的深海裡。

夏天一直不曾老去，〈雨中庭院〉有時換成了〈沉沒教堂〉，永不再浮現的遠方，定定的德布西站著。烈日深處有隱隱的教堂鐘聲。

秋天的世界

那些年夏天
母親腳踏著縫紉機的下午

我在午夢後面撿拾著
白雲和蟬聲的拼布

小碎花高音、格子中音
更多時候也只是靜靜看著

忽然就飄起來的微風

母親好看的背影

院子裡收穫玫瑰的芬芳
吹動剛剛睡醒的記憶

秋途久久不來

海的窗帘飄了一個夏天
漸漸飄成黃昏的顏色

而今母親踩踏著晚霞的縫紉機
用背影織出飛鳥給我看

（玄祕，永恆，未曾命名）
秋天的世界空掉了一半

那麼幽深的洞穴
只有蟬聲

在黑暗中嘶鳴

巨大的養雞場

夏日的黃昏
我走過半個童年
去幫母親買雞蛋
養雞場在歌聲裡邊
晚餐外面
絳紅的銅鑼晚雲
浮貼在裙襬

我走完一整個夏天
終於走進
巨大的養雞場
母雞們不停下著
秋雨一樣的蛋
用狐疑的眼神看
我，後來冬雨
也落下
綿綿密密

蛋一樣的雨
那一年我不滿十歲

沒有名字的素顏母雞
她們的蛋

在溫熱的瓦楞紙裡
孵育沒有姓氏的夢

多年後一個冬日夜晚
我翻開楞嚴經翻到
為渴愛河

漂溺生死大海

那一頁
忽然就看見

早已不在了的她們
晚雲一樣的眼神

眠夢

——聽舒伯特〈冬之旅〉

鳥一樣身姿的
花之眠夢

在死的吟唱裡
甜甜睡著

時間來到彼方
投擲陰影

以及冬日的爐火
永不終了的深夜
緩緩跳著方塊舞
無盡之海
洋
無
盡
之
無盡之
遠方

那時候

九月草原
風裡吹來碎裂神蹟

什麼都說完的
此刻

風中只響著
無聲的話語。樂器
彈奏薄薄月光

走一條很遠的路
什麼話都說完了
那時候

有一隻遠去的貓
將被想念
路過誰家門前

假裝歌唱
歡笑
和每一個往常一樣

時間的塗鴉

1.

一面破損的牆
漸漸露出虛空的樣子
（有人說那是我的母親）
祂在她的封面寫字
留下最髒污的字跡
不均勻的霉斑

無法指認的指印，但

如今我才發現
那也是美的

比乾淨的白紙更美
刮傷的封面

終於更接近
這人世的樣子

2.

那些油漬成為一幅地圖
通往無人知曉的祕境

那些血漬、淚漬也是。然而
他想說的是：愛真的存在

幸福真的可能，死神也會敗在幸福手下。
我鍾愛的小說家，終於
說出了我心裡想說的話
雖然你已不在，

冬日尋常狡猾
他也走得很遠很遠了
我還在這裡
把世界細細描繪
斑駁的雨點
一瞬窗櫺的光

・標楷體文字引自馬奎斯自傳《活著為了講述》。

妄念西雅圖

——遺事

之一

深夜十二時。

我和 Beth 在布魯克林街上走著。

兩名東方女子。

西雅圖的深秋，路旁有些落葉的暗影，

在昏黃的路燈下眠著，

彷彿白天裡累壞了。

「布魯克林是小溪的意思。」Beth 的側影說。

我踏過落葉，Beth 的影子。
想像我們在靜寂的小溪旁穿過叢林，
趕回遙遠的東方。
然而有很多夢
影子說：
「在東方還未醒來的時候，就
遺失了。」

之二

那是 Mission 的音樂。
我將永不會忘記那個法拉盛的清晨。
Rose 踏過木質地板，然後

在大妝鏡前緩慢梳理她的長髮。
那是多年前夏天的事了，
二十八歲的 Rose 梳著她漸漸失去的青春。
而方才甦醒的我是如此駭然於
僵翅的屍骸
美麗的假寐
所有關於青春的謊言

之三

醒來的時候，
　發現那隻烏鴉在我面前
眼珠子太黑

以至於我懷疑牠的真誠
牠後來就走了
繞過我睡著的大樹，草地
遺留一些憤懣
和我的不滿

之四

生命的困頓未使我倒下。
當我起身還擊時，才發現並無對手。
黑夜其實與白晝無二。
我在陽光下走著，沉思時，是你的黑夜。

那麼我們且不需計較什麼了。
我只是擔心靈魂突然出走——
這樣塵濁的世代裡——
這麼多失了靈魂的樹幹
互相握手寒暄

午夜的瓶子

黑暗的夢一片片削下來
裝在午夜的瓶子裡
搖晃這深美
記住這深美

這午夜的光。琉璃
脆弱。與灰燼

暗夜的茶香
心中的

一塊暗影

這靜默的
光陰的齒痕
時間的邊角廢料

生命中
最無用的時光

被風掩埋
被雲覆蓋
一頁兩頁三頁
雷之掀動。蛙鳴

久遠以前

在開了窗的心上
一條小路微苦
傳來雨雨雨雨雨
雨的聲息

蝶影

那個無人的午後，你和母親坐在巨人的祕密花園裡。參天的大樹下，享用帶去的泉水和野餐。夏末的涼風徐徐吹起，母親望著遠方氤氳的河面出神，說：「這風好舒服。」母親穿著一件淡粉色的夏衫，蝴蝶棲息在她右肩。你聽見牠細聲說：「這花好香。」被香氣包圍的寂靜愈來愈龐大，擾動巨人迷宮般的庭園。

今朝，這熟悉的風又捲起了，綠蔭裡穿梭奇異芬芳。你來不及對母親說的話，伴隨那夏日蝶影。流向了模糊的遠方。

彩色的回憶

你想住在橘色的屋子裡，有著白芽的窗框，蘋果綠的窗帘。金色壁爐點燃時，展開天藍的信紙，寫一首淺紫丁香的詩給她。那時青鳥就在窗外，叩啄酒紅的深秋，漸漸消失了鬱藍的足音。

當墨影落入大地，透明的幽靈兩兩三三，經過栽滿黃雛菊的籬前。她們順手摘下幾朵，插在灰色的襟上。嬉笑著。向荒褐的晚風走去……

往事吃剩的星星

春分之後，一對白頭翁夫婦來我家做窩。技術不太好，但速度很快。幾天之後，屋簷摺口出現一個餅。白頭翁太太進去坐了一會兒，對一旁的春天嗜嗜呼呼，像是滿意。不懂成語，也沒有手。夫妻倆整天把春天啣來啣去，餵飽家裡兩張細小的嘴。炊煙過去，雷雨也過去，夜色降臨後住了下來。白頭翁一家不見了，長大的黃昏也不見了。空空的回音，不見了。冬天的時候，回憶住下來。一口一口嚼著，往事吃剩的星星。

時光之廊

那個神祕的晌午，你回到清潔人員剛剛打掃完的房間，天光微微，再過去就是海了。有一剎那，你以為你回到了多年前的地中海岸，未來在渺茫之間等你。

有一剎那，你以為你就要遇見永恆了，從任何一扇緊閉的門裡打開來，時光之鳥，將整座長廊燃燒殆盡。鐵軌，地毯，蜷曲起來的森林之火，向無盡的遠方，烈烈而去。

輯二

在命運幽暗的走廊

曠野裡
營火晚會已經展開
天上地下

幽幽
前行的隊伍

渡口

微明的渡口
時間折返過來
與夢一起
並列在無人海岸
踩踏過的凹痕
拘押又釋放的
靈魂的足印

——

黃金的牢籠啊
被嚴厲的擺渡人遺忘且永遠留下了

時空的切面

——致陳澄波

是深秋了嗎？古風琴在鐘樓裡
自彈自唱了起來，你走過危顫的
苔蘚，那時空的切面斑駁映照燭光
像東北季風在我的居所欲晚未晚
從遠海颳來檸檬黃金黃寶藍霧青
沉厚張狂偽裝鳥之翅羽
要把黑帽尖塔一一搖撼
是風颱烏金沉黑是我日日也
穿越的幽靜小巷偶爾被擦去了什麼

黃昏駐足在這裡野狗一起
思念故鄉的暗影紅的赭的
夢魘的邊陲廊柱變成瀑布
這裡我也曾經唱詩禱告見證逝水濤濤
有時我還遇見一個旅人孤獨
在不詳的年代凝望你且被點亮
從濃重的灰裡星星一樣擦拭夜空
彷彿擦掉了神祕足跡但你還在
飛鳥也不曾遠去蓬蓬化作
更多暗夜裡的果實晶瑩飽滿
向深黑的過去現在未來穿透而去

化武兒童

來不及學會「武器」這堂課
全都穿上優雅的黑
在命運幽暗的走廊

（誰說要有光就有了光）

這樣辜負了也好
被世界下課的
一整排安靜

（是月桂、苦楝呢或雪松）

有些側臉
有的赧笑
還有的
口齒微張

驚訝於整堂課的
難以學習
如何靜定
同時懷抱花香與毒氣

如何分辨拂面而來的

是上帝的手不是敵人的腳
（就要去遠足了嗎
去攀爬
另一個世界陡峭的扶梯）
最好忘懷了吧
這清淺甜蜜
最後的下課鈴
假裝什麼也沒發生過
晚霞滾落操場
晚風翻遍了

背包裡的塵土
吸乾了
嘴唇上的野蜜

・為眾多死於敘利亞化武的孩童而寫。

天空與釘子

如果天空降下了釘子
在死者喉嚨開出了花

那些輕盈深處的
萬事萬物

也有一處亡者的湖泊嗎
倒映出如鏡的靈魂

彷彿初生般的

從未與這世界發生糾葛
那釘入歷史深處
散入湖底的一切幽靈
也會唱出優美的歌嗎
在每一個失語的深夜
釘子會不會終於柔軟
變成水草托住
每一場善良的夢境

——寫於六四25周年

夜

牠死了
而祂還活著
被打壞的頭顱如今乖巧地
浮貼在歷史的暗夜
（那些暗中）
被摸走的時間
又偷偷回來了

牠們又回來了
從童年開始活起
微風輕輕震顫的轉角
初戀的夜晚

無止盡的

無止盡的灰
把所有噩夢都延伸完畢

我們的小屋在中間，它選擇了紅。
非常徹底的紅，帶著邪惡和偏見。

湖呢。
無從選擇
它直接分割了大地和天空

繭

在路上。追著自己
所有冬天往後退，退回童年

生鏽。淡紫色的海

有些寂寞吧
那人在街角

影子流入黑色的明天

童工

他很小
小到連冬天都漠視他
連路都漠視他
他在路上只是一團黑影
他穿著冬天的黑棉襖
想辦法長大
要比身後的屋子還要乾淨

那時候我們就無法不看見他

一張照片

祢坐在海邊，微笑著。天空陰暗沉冷。遠方有一些山色一點點光。彷彿是冬，海很詭譎。咬著，祢的耳朵。呵祢是否知道，關於竊聽，關於所謂無聊。以及，一點點妥協。大海，沙的屍骸，拋物線般的寂寞，都是祢。祢可以任意垂釣，但不要選擇光。鏡頭裡，並未允許。黑

暗已獨步向祢，祢選擇微笑

彷彿，孤獨。

片縷

他夢見自己在捷運上一絲不掛
窗外風景如此明麗
夢中所有人一致望向窗外
忽略了他的身無片縷
他覺得難堪
不僅因為赤裸
更因為明明赤裸了還被忽視

但他還是記得在夢裡掩藏了
生命中最重要的部分
這樣不完全的赤裸
如同生命中最神祕的片刻／片縷
永遠無有他人理解
就連祂也不能說穿
忽然下一刻就消失了
彷彿從來未曾發生

儘管沒有任何人在意
究竟是赤裸比較難堪
還是刻意被忽略比較難堪

就要下車了
夢　界　終　將　隱　避

他鬆了一口氣來到
週五白雲剛剛洗過的窗外
白襯衫輕輕掠過了遠方的山色
大家於是分不清：是誰赤裸了

又是誰掩蓋了最重要的真實

遊行

聽。

死亡擂著鼓
在至寂
至美的夜裡
向每一扇
飄忽溫暖的窗
呼喚
夢遊的魂魄

聽……
死亡吟詠著聖歌
向徹夜失眠的床褥
投擲篝火

曠野裡
營火晚會已經展開
天上地下

幽幽
前行的隊伍

鳥街

黑暗裡我看不見祢
被命運指涉的籠中鳥

穿過命運張開的指縫
冬盡後徘徊的冷風

都睡著了，或者從未睡去
星期天將盡的午夜

那些壞了一半的牙齒，歌聲

大大小小的證書與紀念冊
穿過小巷來到客廳
廚房，陽台，任何熟悉的角落
成為漸弱音，打碎的夢境
因為過於熟悉以至於
不需徬徨歧路也能
開啟的籠中鳥
因為甜食寧可不飛去的
冰箱裡的鑰匙

永無止盡的咳嗽
漫步，睡
春雨中，嗅著亡悔的氣味

藍點過去是黃點
再過去是綠點

的天空又亮了

（或暗了）
來不及寫下的
一點什麼

悄悄
穿過了誰張開的指縫。

致貝拉塔爾

天使放假了。
洋蔥，南瓜，也是。

此刻
泥濘，撲打上身的垃圾。
都是真的。唯獨永恆例外。

蜘蛛在角落耐心織她的網。
你在電影裡撲殺貓隻，毒死她。我們也是。
但同時也和撒旦跳曖昧的舞。

你偏愛黑白。我也是。
仗義或者，圓自以為的圓。

把破損推向別人，下一刻
才能完好無缺。

讓殘忍堆往隔鄰，明天
就能在空曠的日記裡懺悔。

我是這樣重複的，把你的電影
一遍一遍在生活中演練。

直到成為一只熟練的馬鈴薯。

直到被大雨淋濕，
我們愛的人因此更加泥濘不堪。

因此確知人生短如一場暴雨，
爛泥周旋而天使終將出現。

・貝拉塔爾（Béla Tarr，1955-），匈牙利導演，代表作之一是《撒旦的探戈》。

虛空

一隻鬣蜥背著自己
獨一無二的古地圖
在沙漠裡掩嘴而笑
只因她看到一大頭
仙人掌用七只喇叭
向乾燥的虛空鳴奏

綿長

一隻猛獁象出發了
辭別了父母和西風

她往日落的方向走
漸漸走進了夕陽裡
那些沉默的裂縫和色澤

黑暗如此之大
把她包起來了還不夠
她感到飄揚又綿長

無數個黃昏過去了
漸漸她忘了父母
和晚風的樣子
卻逐漸記起自己
來到世上的第一天

顫藍

一隻北極熊
站在分裂的最後一塊冰上
左邊是祖父的陰影右邊是
曾祖母的微笑

但他們都不在了
想起來的時候
她覺得遙遠而溫暖

在她身後的
是最後一道極光

和小時候一樣的蒼白害羞
星星掉在她的無名趾上

海水顫藍
映出了她自己。

小強

急著去哪裡呢
午夜的斑馬線上

神色匆匆
一隻小強

朝我人生的反向奔去。

即使過了午夜
也不能變成灰姑娘

也沒有
倚門守候的家人。

細微

死去的螞蟻，
曲起腳來。
刀鋒一樣的腳，

終於可以沉思的日子，
她想看看窗外的雨。

像無數個細微的昨天，
包覆了生前的自己。

她從未如此珍惜，
仔細審視自己震顫的腳。

有誰寶愛過它嗎？
那些踩過蜜泌的詩句。

最鮮豔的雨，
被她一點一滴，
震顫的。

再見小強

上次我遇見他時還是少年
如今他攤開蒼茫

平放在大地之上
（那些覆蓋了一半的
，雪）

連最近的死神
都心懷愧疚

飛行袋

「今天要逮捕的，是一隻上等黑鮪魚的夢。請大家保持肅靜，即使圍觀，也不可以流露絲毫輕蔑的表情。她的罪行，是堅持自己。以為只要有足夠的耐心，就可以變成一隻帝王蝶，展開世上最極致的飛行。而她最黑的罪就是：用她的夢凌遲我們。」黑鮪魚在眾人圍觀之中漸漸睡著了，伴隨著她逐漸乾癟的夢，在拍賣碼頭，像一個鬆軟的飛行袋。

小倩

很沉默。人吃著好料，她吃飼料。吃完了就默默地離開。會用厚實的手掌開門。最生氣時也只是「嗤」的一聲，連哭也不會。她今年二十三歲，每年春天準時下蛋。下蛋前滿室走來走去，只想尋找一片沙灘。但哪裡會有沙灘呢？她的妹妹五年前也是為了找到沙灘，從十八樓摔到馬路，當場裂開了龜殼。沒有殼的烏龜還能叫烏龜嗎？於是她的妹妹就只能化成了一縷青煙，像小倩那樣。只是那時我們才想起，她根本沒有名字。

夢中餐桌

鼠籠擺了，黏鼠板也放了，母老鼠精就是不中計。還故意在某個角落乒乒乓乓大發脾氣，然後神隱了好幾天。倒是鼠籠裡的花枝丸引來螞蟻家族，螞蟻們非常久沒見到那麼豐富的大餐，派出三名大頭鋼牙保鑣以示慎重。長長隊伍彌漫嚴肅緊張的氣氛。他們都忘了，那不過是一幢夢中廢墟。

鼠籠終於捕到一隻小老鼠精，顯然她沒聽她母親的告戒。小鼠精把肉色小手放在剖開的地瓜上，用沒有眼白的大眼望著我。那地瓜是她的夢中餐桌。雖然只是一秒的凝視，那「看」卻永遠凍結了——離開她短暫的一生，停格在無限延長的一瞬。

殊途

一輛滿載白母雞的車，
又一輛粉紅母豬的車。

超前了，
在我回家的路上。

微風將她們的細髮吹起，
黃昏為她們染上金光。

（朝西方疾駛）

……要前往哪裡呢……
（朝西方疾駛）。
餐桌上的沸水已煮滾，
沉默不語的她們還在，
大風中沉思。

聖靈們來過了

擰乾的小徑，
也有鋸齒狀的笑臉。

最後面才是草，
避難所。

聖靈們來過了，
只留下一雙手套，
重覆的聖詠。

女鬼們互相扶持，
小心翼翼走過了馬路。

無止境的答錄機：
輻到蝠倒符悼福島……

四點四十四分
鋼琴，自動演奏了起來。

墳

之一

這世界終於
安靜下來了

愈老愈暗的山路上
化成嬰孩的誰
坐著

互相指給對方看

一百年前秋天的星星

之二

鄰家的嬰啼劃過
白雲千載空

幽　幽

彩葉芋

因為太安靜了，這下午。
我聽見彩葉芋喝水的聲音……

嘰哩咕嚕。嘰哩咕嚕。
非常之渴。她說。

在我離家的這一星期。
她說她看見黃昏來來回回。
金桔葉上那肥碩的毛蟲來來回回。

一齊啃噬著時間和天空。

因為太安靜了，她說：
「我聽見時鐘喝水的聲音。而且不斷
吐出生命的泡沫和殘渣。」

嘰哩咕嚕。嘰哩咕嚕。

龍門遇雨

是誰鑿開了
那些荒涼的年代

一千五百年前也有
另一個失語的誰
在我不知道的時間洞口

被黃昏淋濕
看伊水依然鬼鬼
祟祟

上了石階嗎

「祂的確鑿開了
一個佛的巨大面目
如我夢之陌生

離散的眉骨擎起
更荒涼的草原

有獸奔走其上
踩踏過昨日

巨大的幻影
更巨大的幻影」

勝

有翅的，還不自由嗎
必然要盲目在頭上開了花
全世界的勝利都化成悲哀
那樣的自由
能比墓穴更溫柔嗎
每天住在恍然的死裡
回到破破的生中

至臭與芬芳那樣
成為鄰居
笑起來，迷惑了一彎弦月
或許那根本是哭

・戴勝為金門常見禽鳥，喜居墓地，巢穴污穢而雛鳥能發惡臭。

故事

大霧迷惑。

身世可疑的母親在海邊
產下了身世不詳的孩子

多少年過去了，孩子始終
不曾長大

且成為了標本。

雨。濃霧。

荒涼的海岸線。

只有那輻射的心，還
跳著。在每一個平安夜裡
挨家挨戶拜訪
追逐噩夢的人們

銅像

夜裡起身吐痰，
杯涼如水的時刻。

迴聲震動了腳下水草，
一千里長的寂寞。

少年樹

死亡張開雙手，
但祂什麼也無法帶走，
就只擁抱了
一棵少年樹。
因傷心而污穢的血漬……
交換過的眼神……
寫下的一行字……

我見識過祂的眼神，
祂也有侷促不安的時刻，
為了那些，永遠無法帶走的。

因而幻化，
成為盛夏的另一棵樹。
擁有巨大手掌，

捕捉日影。
用盡一切也只不過
捕獲了一點蟬鳴。

蟬聲斷斷，續續

鋸開了祂的手掌。

死亡，

祂也有喊痛的時刻。

平安夜

穿羽絨衣的時候
一片細小羽毛
從胸口位置
飛了出來，空中盤旋猶疑
終而不知去向
曾經它也棲息在牠的胸口
在沍寒的冬夜

抵擋死
與哀愁

彷彿我也就是
一輪圓滿的冬月
一隻胸羽拔光的禽鳥

在冬日哀傷的河畔
以血，為自己取煖。

吻

夢見自己死在道路上
幾乎忘了自己

把雲影揉碎
曾經是勇敢的天光

爾今只在平靜無波的砧板上
專心切著細細的豬唇

在鮮血淋漓的粗暴上接吻

無視於時間的流逝

・魯迅的句子：

「我夢見自己死在道路上。」

「我願意在無形無色的鮮血淋漓的粗暴上接吻。」

金門菜刀的前身為中共砲彈。

港口

隨手給出一面旗子

時間走過來
走過去
起了大霧

縱身躍入欲望的冰海
游過去

（再也回不來）

我們都起了大霧
天黑之後
抱頭狂走
天使認出了我們

輯三
圓滿之歌

海角之豊

——寫給馬祖

1.

誰帶我來到這裡
薄而透明的命運

是夜還是黎明的燈
火蜻蜓在室內旋飛

我凝視祂
一盞兩盞

昨天的海
黃昏五點的光
與影，我說那是
天堂的樣子

那些陰影
降落在木紋格子深處

畫出了
一生的簡筆畫

2.

時間落下來
成為鷗鳥的樣子

身體慢慢沉睡
長出青苔

成為石階的樣子
我走進祢的長巷

遇見一隻光陰的黑貓
安靜地

躍入了蕓瓦
夏日的
最深處

3.

水草交纏著
許多空無的夏天
海水沿途奔跑
就要追上昨天了

裸露的礦脈
被一千隻手握緊
又丟棄，死亡從裡面長出來
揮舞令人目眩的翅膀
就要遇見祢了
在時間的礦脈裡
一些多餘的話語
被海水帶走被夕陽
帶，走

消失不見的

重新回到這裡
從石縫中

長出茫茫曠野
朽壞的林間

生鏽的傳言
空掉的鐵

所有被拋棄的
重新回到這裡

看見潮水
擁抱了光陰的海岸

4.

凝望很久了
影子成為灰燼
蟬聲祕密織就的
那些瞬間
灑入歷史深處

更深一點
就要碰觸到
寂靜的核心了
再深一點
那些砲彈就要
化妝成空心的樣子了
成群成群地
游到晚餐的碗裡
童年的甍裡

把夢中所有的防空洞
打亮，一整排空洞那樣地
明亮

5.

深夜我走上空無
露台上誰能比永恆
更加明亮？
遠方一次又一次

把祢的星星帶走
那些藍眼淚一遍
又一遍
在無人的夢裡發著光
整座島嶼燃燒起來
夢中吞吐
殷紅小廟
靜默的神明

6.

被雨淋濕
被曝曬
成為水神的臉
風神的臉
成為折疊起來的
旅人的地圖
一座山坳
跳過了

千年的手勢
我說風是

虛妄的虛妄的

轉一個彎是走失的夏日
轉一個彎是回來的冬日

7.

神話鳥棲息在祢
粗樸的眉宇

霧濕的肩膀
天地那樣寬闊彷彿
一切從未開始
失去子彈的清晨
露水與礁崖
解嚴的甍
與甍的接壤
神話鳥只說了一個

長長的故事：

帶我離開這裡
離開逐漸遠去的

昨日的祢
滄海的塵埃看見
每一扇有祢的窗戶都打開
宇宙晴空
永遠的湛藍

在島上

之一

時間的花豹立在危崖
窺伺著宇宙最細的那根絲繩
久久，帶著一身汪洋
向永恆躍去
無人知曉祂最後的下落

之二

蜿蜒的身軀還給洪荒
遙遠的傳說還給海

只有蟬聲次第攀爬
向蜃樓的最深處

只有寂靜
切割了正午的眼瞳

之三

遼敻的遼敻的
在誰薄涼的杯底唱著
時間來到了九月
億萬年前的九月

那些漂流已久的
星星，骸骨，齒牙
藍色，橘色，猩紅色

從此走出了邊界
不可動搖的

忘了回來的
都已經穿透霧的胸膛

曾經也有那樣一首歌
混雜了所有的顏色
醒了又醉了的鬼魂們

無家可歸啊
在祢薄涼的杯底唱著
唱著，成為黎明的一部分

黑暗之歌

——死亡與音樂的賦格

你害怕這樣的主題嗎？當死亡與音樂比鄰而居，當美善和寂滅成為孿生的兄弟。你的心，在黑暗中企盼光明的心，是否因此而震顫如弦音？

0.

白晝的鳥囀有如風響，蓋過其他夢境。只有夜鶯適宜在夜裡走入失眠者的夢裡，讓溫暖詭異的歌召引離散的魂魄。魂歸來兮，回去更森譎的故鄉。那裡豢養離奇的獸。

1. 春潮

舞台上的歌手張大嘴巴，彷彿要把一生唱出來，到了極至，眉頭竟是憂愁的惶惑，像即將淚下的表情。

「繼續唱吧！」躲在布幕深處的死神說：「唱到漫天蝴蝶飛舞，佔滿你們的思維和夢魘。」

2.

離群的蝴蝶正在吸吮花蜜，專注翹起優雅的前腳。牠在沉思，用腥紅的頭顱。小小腥黃的花瓣像星星開放，誘引之姿。為了向春天索討生子育女的權力。誘引之姿，何不張開巨大魅麗的翅膀，讓卑瑣的粉末掉落，永不承諾的大地。

3.

那人也在沉思，用左手托著腮，光線打在他明日的髮上。像遠處看，向上看，天堂就在幽渺處發著光。

那人也在沉思，髮際卻已退至昨日，歲月的容顏啊！沉默經過嘴角的髮鬢，長春藤一樣堅持著不凋。那已然死去的最後一片葉子，曾經鏤刻青春與戀人的密語，蜿蜒爬上額頭，攀附在皺紋前面，說：「我來了，我愛你。」

4.

「其實什麼也沒有。記憶不過是一面擦拭後的鏡子，映著自己的倒影，如春末漫漶的水塘。」沉思後的那人，目送步下舞台的歌手，和沒入靈魂深處的蝴蝶，開始弓身拉起琴來，細瘦的手指緊貼顫抖琴弦。

「離去吧，愛和不愛的。」模糊的台下，交頭接耳的觀眾，人人擁著自己的心事，觀看台上閉目拉琴的那人，不知他的心如春潮滴雨。愛或不愛的往事，在靜寂的大廳裡飄蕩迴旋。

「其實什麼也沒有，當春天和死亡一起攜手前來，聆聽一場美妙的音樂會。在琴音終止前歡欣共舞，讓黑暗中的觀眾感動落淚。在不同的時空裡聚首，彷彿蝴蝶飛舞在各自的夢裡，直到一切成為幻影……」弓身拉琴的那人喃喃，不知落幕後的音樂廳為何有永世不絕的心跳聲。

5.夏雨

永世不絕的……

讓你的心更貼近死亡吧！側耳傾聽死亡胸膛熾烈的琴音。

那年夏夜夢中，蕭邦為何執意在黝暗的斗室裡種下玫瑰？他的心，不也曾種植在德國靜肅的教堂裡，像一只乾涸淚囊。那時候，還跳動的靈魂是否曾經回來，讓不甘的淚液再次沸騰，每夜每夜灼燒誰的心房。

〈馬厝卡〉，〈馬厝卡〉，溫柔夏夜裡，輕快的音符掩不住隔世傷悲。

6.

失去祖國的人，失去靈魂的心。

通靈者肯定自己確曾在酷熱的季節裡，看見大師徘徊不去的足跡，踏在祖國與敵國的交界上，讓流亡的歌聲隨風飄散。

灰色厚重的窗帘，禁錮著泥濘與污穢的靈魂。而窗外是盛夏，蟬鳴斷續的焚風裡，霍亂持續生長蔓延，像散開的音符，綴滿野地的血紅之花。

7.

每個盛夏都驕縱暴烈。粗糙與細緻的糾纏。

大師纖細敏銳的神經，是繃緊的琴弦，緩慢卻又極度緊張地，奏出海洋的樂聲。

大海如今是要起狂濤了，在無人的、憂鬱的洋面，死去的大師靜靜凝視遠方，決定演奏最終一首曲目。觀眾們聚集在海洋的最深處，聆聽終將屬於他們的，死亡的炙熱琴音。

8.

風暴終於止息的夏末夜晚，洋面上漂流著數不清的屍骸。夏天，終於就要過去了。

所有溺斃的、渴求的觀眾與聽眾，不再張開眼睛和耳朵，只在巨大的安靜裡，沉默呼息。

大師乘坐雲霧製成的風艇，在灰藍的洋面上前進，夏天就要過去了。

「生命蒸發成雨，成太陽，成為一切可能的東西。蜉蝣般的觀眾啊！繼續追隨我吧。讓我給你們新生，重新發光的彩虹。每晚有品賞不完的醇酒和美食，星星和音符攜手歡唱，你們將永不再卑微。」大師瞇著眼，以防止海上強烈的陽光刺傷雙瞳。

夏天真正結束的那個夜晚，有人看見前所未有的激狂樂章，在大師的指揮下，吞沒了所有的蜉蝣。

9. 秋夜

那名專為蜉蝣服務的死亡化妝師，在百年後的秋夜，透過廣播，讓自己的容顏飄散空中。她踩在星樂的軌道上，與擦肩而過的你碰撞。她幽幽訴說如何為曾經的大師塗上最後一抹顏彩，描眼線，畫腮紅，然後將屍首推進熊熊烈火。

蕭邦也是，許多折疊的靈魂也是，像一首輕音樂，鏡花水月，熊熊熊燃燒過。

10.

然而一切尚未太遲。化妝師的手停在半空中，彷彿氣定神閒的樂團指揮。

探頭進來的那人戴著面具，是那名沉思者。你清楚記得，在春潮滴雨的夜晚，他和所有冥想錯置的觀眾，一同交換短暫的此生。

「你的琴呢？」你看著他空空的雙手，那兒除了蜿蜒如詩的掌紋，還有斷續如空谷的迴音。

「自從春天結束後，我的琴便不再跟隨我了。它去了幽幽深谷，與林間雀鳥棲唱。而我，離開愛與不愛的，以記憶維生，聽取永世不絕的心跳……」他說著，靜靜摘下面具，那是一張有著秋蟲與燭火的面容。

11.

擎著燭火的光陰，飄忽在秋天，一首失了名字的夜曲。「裡面還有位置嗎？」這回是光陰在問。燭火照得祂兩頰通紅，四周伴隨飛舞的，是幻影般的蝴蝶。化妝師的手依然停在半空中。她從來不曾為光陰化過妝，因此低頭思索起來，該用哪種顏料呢？

12.

思索長夜的化妝師，終於用血色的燭火，悄悄為光陰上了妝。經歷春的繾綣，夏的暴烈，光陰在秋夜裡就要沉沉入眠。像柔軟無邪的嬰孩。

「然而祂的面容何以如此沉靜安詳？祂分明曾是誘引的、獨裁的，甚至不惜毀滅的，視眾生如蜉蝣的遺忘之神啊！」化妝師望著秋夜嬰孩楓紅的臉，有著初生般的清嫩與蒼老。

「這奇異莫名的組合啊！彷彿光線穿透森林深處，照見林木蒼鬱的內心，苔蘚與流泉一同在陽光下晶瑩閃爍，腐敗與新生，邪矯與善美，那無所不在的洞見者啊！」化妝師陷入更深的沉思，終於和嬰孩般的光陰一起睡去。

血紅燭光裡，一隻獨醒的夜鶯銜著一片蝴蝶屍骸，向夜的最深處飛去。

13.

冬夜的第一場雪，就要下了……

觸鍵之歌

從上帝的口袋掉下來
金黃抽屜一隻小老鼠
在光線與陰影之中
遇見美妙的觸鍵

快樂王子胸前那樣
全世界的紅日晚霞
旅程已開始就無法回收了
多風的歧途未定之奔馳

鴿樓門鎖花園花窗
在幻影之中未能卜算的未來
卵形的女士之臉即將消散的霧
雨霽雲光無法用爪子畫下來的神祕

徒留一點遺憾給什麼呢
貓鬚上的一滴露水
終將破裂的永恆
在善良的背面猥瑣的正面

被一張分秒死去之鼠臉
窺見的奇蹟
那些觸鍵

細微滾動每一天的落日
一點無人知曉的淚光
蘋果，香蕉，米粒
剩餘的愛

即將到來的
棍棒，尖叫，與奔跑：

「誰能解決
這邪惡的私生子？」

眾多的天使

在晶亮的黃昏之中
終於
抵擋了一個魔鬼
說完了自己的故事

星窗

他在荒涼的街道上走著，彷彿十八世紀的小城，兩旁屋宇都覆蓋著陰影。那是白天，石板路上有旅人踩踏過的痕跡，他一路向前走著，並未回頭。是在趕路啊！他提醒自己，以免因為分神而耽誤了旅程。

然而兩旁房子洞開的窗戶還是吸引了他。他好奇地，朝著黝深的窗戶裡探望，第一戶的窗裡有一架平台式老鋼琴，兀自奏著華麗空洞的樂音。沒有人。空空的琴椅上有一片凋萎多時的花瓣，蜷曲著火紅剛烈的顏色。

他又向前走去，第二戶的窗裡依舊沒有人。他探頭進去，只有一張空空的木桌，桌上有一支羽毛筆，和寫了一半的詩篇。年歲太久遠，稿子都是蟲子蛀蝕的痕跡，隨著微風拂過，絲絮的屑末就像花粉般四處飛散。

第三戶的窗裡有張空空的床，在他駐足觀望時，彷彿飄來陣陣幽靜的芳香。床頭除了一面雕鏤精緻的鏡子外，什麼也沒有。那是個反射正午日光的銅鏡，窗外雲影淡淡掠過鏡中，裡頭有著幻化的天光。

來到第四間屋子時，天色一下暗了。他慌忙敲開朽壞的門鎖，躲進屋內，發現屋裡隱隱透著燭光。他向前走去，小心翼翼地，維持方才趕路的姿態，別耽誤了旅程啊！他提醒自己。然而屋子卻比他想像的還要深邃許多。別耽誤了旅程啊！他一面朝屋子的深處走去，一面叮嚀自己，要及時回頭，外面春光正好，還有重要的旅途要完成呢！

就在他終於走到屋子盡頭時，才發現天色完完全全暗了，唯一的一扇窗子立在屋宇深處。他來到窗旁向外望去，只見墨綠的夜空裡閃爍著千千萬萬星光，每顆星上都有一張小小的人臉。看見他的注視，人臉們歡喜落下淚來，他聽見夜空裡隱隱傳來急切的探問：

「我的鋼琴還好嗎？還孤單地唱著歌嗎？」

「我那未完的詩稿呢？是否一再被蟲子們欺負？」

「我的銅鏡啊！還有沒有雲影作伴？」

巴爾蒂斯

巴爾蒂斯的女人凝視虛空。因為注視永恆過久，一切都變得稀薄了。你在展覽的最後一天走進大廳，凝視他的女人和風景，在暮色籠罩的畫前緩慢移動。

他就要九十歲了，細長的眉眼和鼻子，薄而緊抿的唇，彷彿與這世界爭執過的肩胛，一切的一切，都因過於老邁而安靜下來。

解說員卻是無法安靜的，許多人簇擁著她，像成群的蜜蜂採食花蜜，你聽見嗡嗡的、大大小小的夢境隨著飛舞。解說員說：那是幻影般的蝴蝶，那是近似廢墟卻安祥的農莊；那是有大樹的風景，他呼喚年輕時的自己；那是世界的另一面，她在悄悄等待變化；那是有著溫柔線條的玻璃杯，土壤般安靜的顏色。

他的靈感多半來自回憶，他的女人總是小腹微凸，像是孕育著不安；她身後巨大的未知，一步步帶領恐懼，仁慈的紅暈；你可以聞到她睡眠的味道，雨就要落下來了，寂靜就要落下；傑克梅第的雕像，保羅德爾沃的預言，代表我們住的世界正在緩緩腐爛；憂傷的紅衣婦人，背後是欲雨的赭色天空；他的人總是失落，像完全盛開的花朵，完全的黑暗。

你在人群的背後，聚集又分散的聲音在沉默中像螢火，傳遞斷續而破碎的訊號。以至於你後來終究分不清，是那解說員嗡嗡的符碼，還是你自己拼湊的，破碎的巴爾蒂斯。

幽靈一樣的巴爾蒂斯，掛在牆上一張張撞擊空氣中的花粉，然而夜就要暗了，大廳裡的蜜蜂緩緩散去。你凝望著那凝視虛空的女人，把手錶的指針撥向十二。午夜的美術館從不開放吧。而你想著，或許會有一隻幻影般的蝴蝶，悄悄穿過了塵埃。

明明滅滅的，永恆……

冬至

燈火徹夜通明的動物園
倒退著走回野外的神祕聚會
末日去年就應邀來過了

祂穿越一座座心的沼澤
終於重新抵達
這一年最長的一夜

神諭的果實依舊懸掛樹梢
霧中仍在結痂的黑色過往

掩藏著無數明滅眼瞳

雲豹石虎黑熊都來了
復活的標本們驚訝睇看自己
依然鮮麗的皮毛，關節靈活
還能轉動一千隻螢火

（一切都已準備就緒）
祂端坐野地，被螢光環抱
如此滿意，祂環顧四周

一年最長的一夜
祂說，那麼輝煌的化妝舞會

就開始吧
（備妥豐盛的二魚五餅）
（神祕來賓簽到）

年輕軍人的魂魄也應邀
來了，安靜且無有恐怖
他默默食用逐漸熟悉的死亡

並且低聲對雲豹說
他會耐心等待自己老去
老去以一種無畏的速度

老農婦的魂魄也應邀，來了

她靦腆坐在舞會幽暗的一角
像一滴懸而未決的露水

她說她還不習慣死亡
雖然她已如此老邁
但願還能回去巡一次田水

她並且知曉不可食用舞會裡
渣籽油所煎的二魚
塑化劑所製的五餅

以及毒澱粉做成的湯圓
但她並不知道冬至之後

是否就是平安夜

如何遠離顛倒夢想以及
這夜間的動物園
祂們他們與牠們

丈量著，走回多風的野外
甘甜細碎的童年握在手裡
很小很小的時候大人
早就說過的

（雲豹石虎黑熊都說過的）
暗夜終將愈來愈短

（短過一柄利刃的）
日照終將長於一切

月光緩緩照在岩壁上

——為 Chauvet Cave 而作

月光緩緩照在岩壁上
寫下宇宙的第一首詩

時間的野牛和群馬
穿越深淵來到了
結滿微笑的水晶柱

那些晚雲移動的痕跡
幻影與皺褶

三萬兩千年前那時候
粗壯的靈魂在月下奔跑

祂搖曳著星星搖曳著火
閱讀著永恆閱讀著死

牠跑入洞穴深處跑進
自己的深夜

他用追捕光陰受傷的食指
畫下整座洞穴的夢境

這裡那裡到處都是
飛奔而去的
新生的蹄印

還要多久才會到達呢
三萬兩千年後的世界

（有人也夢見了祂
和祂額頭上的月光）

時間的群馬繼續奔跑
追趕死亡的蹄印
這些

那些
變成祭壇

啊那些巫師的手
移動晚雲
畫下一個眼睛
再一個眼睛
凝視渺茫

三萬兩千年後的他
輪迴多少次之後
用食指按下巨大開關

走入沉默電梯
深黑孤獨的曠野

鏡中人與他對視
彷彿回憶起了什麼

他的楚楚衣冠
他的衣不蔽體

他的房車老闆妻子薪餉休假日
他在洞口凝視那片完整安靜的雪花

他幾乎忘了祂粗壯的靈魂在月下奔跑

他看見落石掩埋了祂的洞穴

他滑著智慧手機將祂徹底刪除
那些暴風雪祂的絕望與淚

他終於安全走出電梯
走入往常一樣深黑安靜的長廊

祂在後頭喚他但他終究沒有回頭
祂留在一個無人知曉的夢裡

（黑夜一如往常

剪去了長髮

那樣漆黑
有人輕輕指認了
祂的名字）

圓滿之歌

他是頭骨
他是眼眶
用來遇見雨露

祂是穹蒼
祂是星光
大地的眠床

她是日子
她是清洗

比珍珠還亮的河流

它是鹽巴
它是甜菜
一切看來溫暖

牠是傷痕
牠是失敗
裝入寂寞的雲瓦舍

跌倒的一
站起來的零
緩緩塗抹著

明天的重量

死過了又終於
活過的長日
如此圓滿。

長夜，
如此溫柔。

輯四

初生的白

而這些都不只是
一首詩的目的
是靈魂
住進了果核裡

今晨

逃家很久了
佈滿窗前那些

雲的巨人
用粗樸的眼神看我

沒有

你沒有看見山谷的眼睛
黎明那樣
充滿回聲。
你沒有看見一朵花的夢境，淡藍
被小口喝酒的蜂鳥覆蓋

蓮

她敲擊空盪的早晨，發出泠泠巨響。
低頭趕路的行人一直走。

走入了
她的水波之心。

走失了
她的水波之心。

春晨

——擬林亨泰

毛毛蟲的後面還有
毛毛蟲

的後面還有

毛，以及波的羅列
毛，以及波的羅列

冰上

薄脆的冬日黃昏
三三兩兩孩子冰上滑行
影子拉得悠長，遙遠
遠過了一生
你想拍下這奇異風景
才發現身在夢裡

清明

白色的鴿子
不，是白色的日常
被緩緩的天空篩下了

曬衣場

夜晚星辰的出口洗淨的白雲旁邊，
兩件衣服細細交談。

有時分離有時貼近，
時間重回了誰的懷抱。

一個晌午過去了。
「最害怕的事，其實從未來到……」

亮藍橙花有梔子香氣的被收走了，

淺藍條紋的風裡依然沉思。

夏日的回憶

一枚夏日忽然跳上我的窗沿
拿著她柔軟又閃耀的銀絲弦
弧度優美。剛好
盛下一只今晨的水晶碗
「你看，我也有我的靈藥。
當世界碎裂而痛楚……」

在秋天安靜的早晨

我想起那些明亮的課桌椅
在秋天安靜的早晨

海岸線般的拐角
生命走遠了

又再回去那個沉默的角落
祕密妥善藏好

書本散發新鮮樹木的氣味

一切尚未發生

憑想像就能抵達的明天
那些往前快轉迅速倒帶
又匆匆翻過的
每一天

此時此刻都散發著
懷舊的氣味
聚攏。卻再也不是那一天的
同學會，談笑

說今天天氣真好
雲朵浮過潔淨的天空
那一天，清晰無比

鉛筆盒裡的馬

也有奔馳的命運和泥沼
白晝削去她的靈魂

黑夜她又誕生在草原
你無法詢問更多

為何幽暗的寶盒也有
從不止盡的光陰狙擊和幻影
消滅不了的天涯

與自由
你打開盒蓋

她打開旅途
夢魘也攔不住的

她啟程去明日
去明日的危崖上跳舞

那些歧路倒影水銀的回聲
去名之為天荒的夜晚

臥藏多年從不回答的宇宙

那些粉碎的完整
寂靜輪轉的星塵
蜃樓森林　海
去把永恆都搖下來
串成了
遼闊
遼闊
送給了亡羊
初生的旅人

收穫

陽光花了一整個下午
為一件黑衣作畫
在柔軟的綿與羊毛之間
像一個巧婦
犁開了黑暗的田土
沒有鍍金的畫框
不會有人說

「啊！那是贗品。」

沒有昂貴的顏料甚至沒有手
收穫這一切

當天色終於逐漸黯淡

一隻雀鳥停駐
在歸於空無的黑衣上
星辰沙漏般醒來

但願

燃燒的詩接枝
在荒蕪的斷掌

落下那些燦爛雨
祝福永夜的絕望

瓶中信漂泊了一百年
來到溫暖早餐桌

跑馬燈回去

曾經說不出口的那句話

想跳舞的人
此刻擁有了摩天大樓

比砂礫更小的

時間向我奔跑過來
隨即去了遠方

是牛鈴
不說再見

牠擦去了星辰
年少時遺落的悲哀

牠說那些和這些

有什麼關係呢

比星辰更大的灰塵
比砂礫更小的悲哀

不存在的梳子

梳流逝的記憶
梳廣場上的通靈者
梳烈日下的鐘聲
梳困在診間的頭顱
梳咖啡杯裡的蛇影
梳情侶陌生人
梳僧人
梳緘默的列車
梳窗上的星星

孩子們

睡著了
塞尚畫過的蘋果

坐在空山裡
睡著了

夢見蔚藍和蔚藍的孩子們
嘻嘻哈哈下了山
滾進秋野的一節火車裡

那些名之為遙遠的片段
呼嘯著
跑遠了
蔚藍和蔚藍的孩子們

奔跑的雲

那一日。
祂彈奏海，呼吸是海。
在黑夜將盡時切開海洋。
有時帆船，有時是狗。
後來祂是普羅米修斯。
從你胸中盜走了火。
也盜靈魂，羅盤，

一切旅人
無用之吻。
夏日因此有了裂痕，
有了嘆息。
在誰漫長的一生。
一刻，
被發光的事物佔滿。

我要送出遠方

我要送出遠方。飛湧的雲朵。黃昏時波光掩映的溪水。我要送出
雪夜裡的星光。暗影中的爐火。黎明時的第一聲鳥囀。我要送出
凝視的眼睛。聆聽的耳。我要送出柔軟的呼吸。在沉默之中
夢想
一切的
心。

通霄火車站小女生

小丸子來了
用她的南瓜臉
桂圓眼
豐盛了秋天的果盤

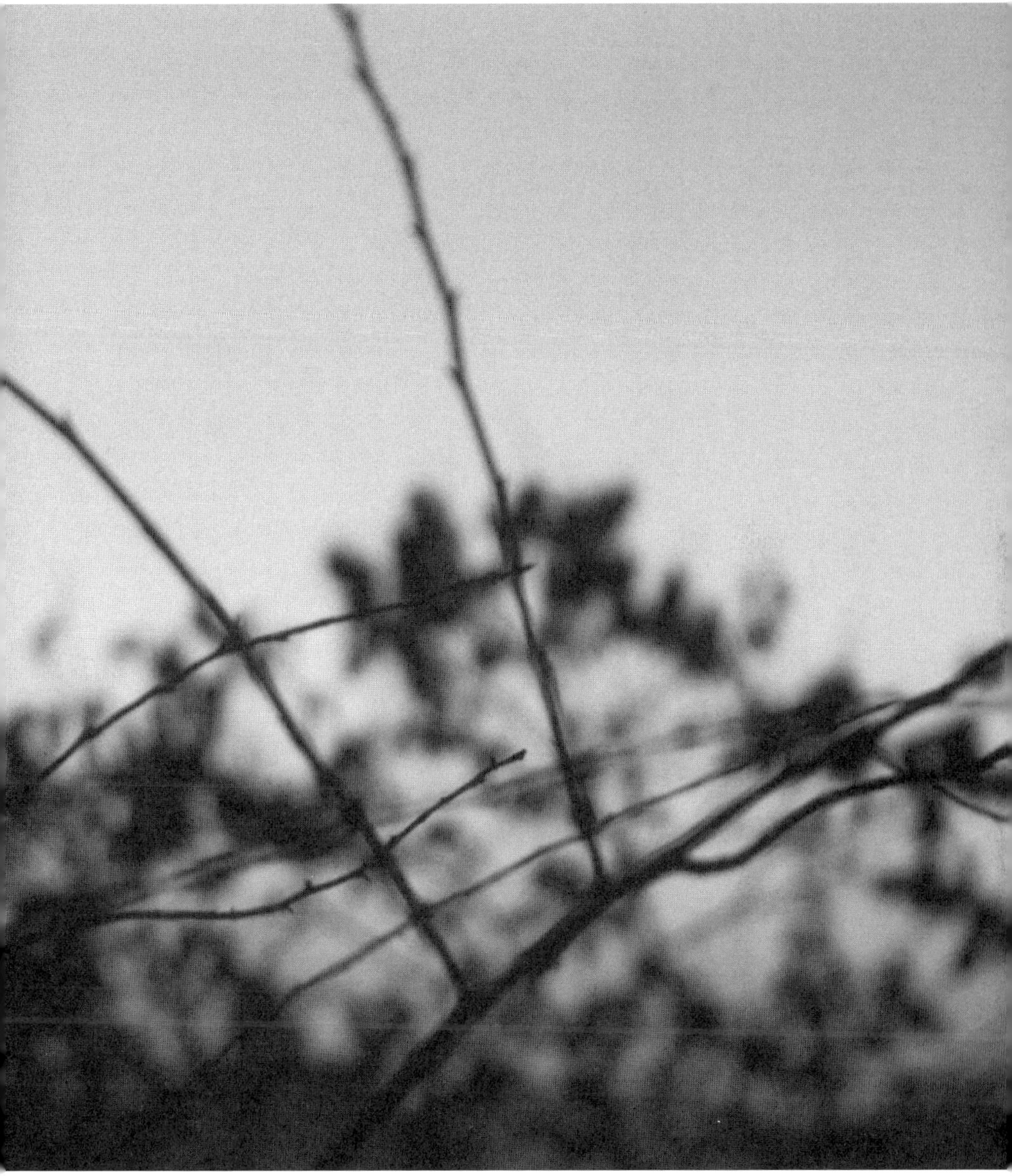

山行者

水聲激激風吹衣
人生如此自可樂
——韓愈〈山石〉

1.

遠方　蜂蜜一樣的遠方
被一紅鳩喚醒

2.

紫色的岩石

有安靜的裂縫
微風捏塑陶土
這裡　那裡
留給光陰藏身的所在

3.

又突然
離開了　那些孔竅

4.

鋪滿整個天空
還有一些零碎的

就分給
五節芒的家人

也不遠行
不說話
五節芒一家人只靜靜坐著
聽流水灰灰的聲音

5.

還有高高瘦瘦的相思樹
互相啄著
天空丟掉的藍寶石

6.

還有微笑小祠
誰丟下的畫筆
小土地公的眉毛紅了
小土地婆的臉黑了

7.

還有蘑菇小亭
祖露神魔棕深的肚腹

8.

神氣的黑冠麻鷺也站上秋日的高點了
渡……渡……渡……

啊
這渾沌的宇宙觀眾席

9.

去年遇見的紅葉小屋
此刻　又著上秋裝
在分叉的山路上

等著　等白雲過來
把她接走

早春

之一

小提琴最先提醒的
燕子
驚人的徘徊

之二

第幾次上車的
長髮女孩

晨光中的鋼琴曲

之三

感謝那顆大石沒有砸在我腳上
芒果樹旁的微風
是新的
很快就長出了春天

因為美

一滴雨迷路了
在冬天的林子裡

可雨一點也不恐懼
因為美
雨想待到自己影子消失的時候

雨想寫詩
但找不到筆

她想找到那些亮著燈的屋瓦
但只有幾片枯葉靜靜陪著她

雨想這樣也很好
就把這些回憶留在心裡

有一天回家
告訴青煙的妹妹

秋夜三帖

1.

光陰在古松
輕拂新月的瀏海

2.

一條小徑晃蕩著
被月光完成

3.

門扉空著

深院月色

霑濕了佛影

初生的白

旅人走到空曠的夢裡
搭起一盞小屋
這暗影的黑
或者初生的白

他坐下來
把黃昏坐成草原一樣的黑

坐下來
他開始勾勒那些暗影

飛鳥遺忘的遠方

他伸出疲憊的雙手
像年少時代那樣
觸摸新鮮的紫色晚霞

所有故事都回來了
星星終於來接他的時候
那些空著手的日子也回來了

在另一個擄獲死者的夢裡
點起了一盞初生的白

就在昨天

就在昨天
梨俱吠陀的詩人喝乾了蘇摩酒
沙漠中的星辰特別耀眼
　那些野蠻的珍珠項鍊
　用大麻編成的曲子
彎彎曲曲流到了黎明的杯子裡
啊沙漠的黎明
又挽留了誰的故事
就在昨天
菴羅女厭棄了美麗肉身

茂密的黑髮叢林
那似桃非桃的人生
就種回大地吧她說
讓菴羅果剖開自己的內裡
看裡面潛伏的是邪惡還是
智慧，讓巨大樹身種滿鳥窩
被星星曝曬流向海洋
成魔的成道的都在同一艘船上
離開昨天
駛向比果核還巨大的明日
那時一起歌唱流淚恐懼歡喜
五音五色展開無盡之旅

而這些都不只是
一首詩的目的
是靈魂
住進了果核裡
果核在泥土在鳥巢在沙漠
　在汪洋大海
　　被宇宙灌溉成為自己
統稱為意義的這些那些
懺悔的菴羅女或是我們
遙遠的昨天
　　永恆的輪廓
　　　蜿蜒到了今天
菴羅女還是菴羅女嗎

我們，不是我們
行過泥濘的市場
等待黎明的魚口雞翅牛心
斑爛的蝦蟹
匍匐著，向春天行乞夢想
經過的赤足菴羅女
兩足的誰
誰摘下一朵雨中的紅花
那樣鮮豔就像
剛好的每一日
睜開了嬰孩的雙眼

森林小屋

回憶向永恆招手
說：我在這裡
我不會說你的語言
不需要
只有美是完整的
在秋天的後面
閱讀著夜的

一小星窗
升起了光陰的爐火

四季的目光

我曾居住在如此廣闊的箴言裡，
以至於必須以整個天地充滿它。
——侯貝・沙巴提耶

負重

春天雀鳥漂流來去
始終無法停歇
那些歡樂又悲傷的話語

壓彎柳樹的枝條

雲也是負重的
山也是
鬼莎糴
也是

不會更多
也沒有更少
恰恰是一餐飯的重量

微塵

一朵花
照見了自己的陰影
歲月的鐵幕
那黑且深長的峽溝
日晷　山陵

一朵花
拖曳一整個毀壞的夏天
在睡眠中
涉入了自己
顫動不為人知的意義

那永不厭棄的內裡
廢棄的零件
冰川與雪山
愛與死
青春與微塵

在鉛錘的時間之下
一朵花
無人觸及
不知語詞為何物
默默描繪
搏鬥過的污泥
看不見的猛虎

自己的博物館

穿過多餘
一朵花
還原為遼闊
祕密的核心
被一個偶然命中
在此刻
那多餘的他者
攝下了祂
不哭也不笑
為大地鋪好了床衾

曠野

晚安　誰在這裡
向誰道晚安

風吹過浪尖上的曠野
秋收後的空房間
住進守夜的星辰
慢跑的人
都回去了
在天鵝絨的夢裡繼續跑著

時光無影

腐爛無形
直到迷路的鳥魂
回返黑夜

禮物

還剩下一點禮物
給最冷的一天

從此教誰記得
冰冷的刀鋒
也會變成柳樹的枝條
荒原的種子

也會將誰改變

風穿上新的裙裾
春天
如此豐美
歡迎雀鳥再度光臨

渡船

他曾經是個孩子
現在，一些裂縫讓他成為一個老人
回到一首詩的空白裡
在那裡留下深沉的什麼
雲，或者溪流
幾片落下的懺悔
在柔軟的鏡面，他平靜地

整理自己的羽毛

闔眼時雨划走了他的昨天
雨划進了他的內在

那些深深的傷口
陽光醉時曾大力搖晃

醒時踩痛他的肋骨
他喜歡過的那些鳥爪

現在還是會來
輕輕踩著，就要安靜的

雨點，光陰，他的心
更傾斜一點
就要回到了
任何一首詩的空白裡

後記

並非虛無——致「多出來的一生」

1.

二〇一五年初夏，我常常陪母親搭社區小巴去醫院。盛夏日午，蟬鳴聲中，我們經過一排超市前的綠蔭。從前母親爬完山後，總喜歡坐在這片綠蔭下看報紙吃早點，有時候小橘貓會從背後拍她肩膀，母親就分牠一點吃的。母親一直很有動物緣，但凡她遇見的動物都愛她。牠們一點也不糊塗，知道誰善良誰不能靠近。

就在盛夏的某一天，那片綠蔭的肢幹全部被鋸斷了。剩下一截截光禿的樹身，難堪可憐地曝曬在烈日之下。我和母親從醫院回來，走在失去遮蔭的烈陽下，我惋惜地看著那些不再有遮蔽能力的樹，像看著受重傷的家人，想流淚。母親沉默地經過那些樹，並沒有抬頭。

母親後來不再去爬山了。沒有綠蔭，也沒有了蔭涼的野餐。

記憶中的那個盛夏，幾乎沒有蟬鳴。或許因為無處棲身。我卻在那炎熱盛暑，繼續和母親往返在醫院的路上，路旁是光禿的樹影，我們截了肢的家人。如果可以，我願意繼續陪伴母親，這樣長長久久地。直到那些受了傷的家人重新長出綠葉，母親重回它們的懷抱。

可是沒有，盛夏很快就過完。秋天來了，我最愛的秋天。從高遠的晴空到雨絲漸漸飄落，日影幽暗下來。
秋天剛過完不久，母親也離開了。

母親這一生，恬淡低調而自足。我從沒見她大聲罵過誰，再困難的事也沒聽她抱怨過。就算在生命最後遭到那樣殘忍的對待，她也只是悲傷而非恨。

不只是母親，我很小就知道，祖父和曾祖父都是在對岸一個名為「三反五反」的鬥爭運動中，被加諸莫虛有罪名，活活遭凌虐至死的。屍骨丟棄在荒野。鄉里都清楚他們是大善人，省吃儉用，存下來的錢全部捐去造橋蓋學校，辛苦種田的米當作薪餉，自掏腰包請老師來小學堂教書。那麼善良的人，生命卻結束得如此悲慘。

我始終記得小時候因為這件事，內心深處的憤怒、悲傷和不解。或許為了抹去過早的暗影，這件事我幾乎不曾行諸文字，雖然它的確比我經歷過的中壢事件，更早成為我質疑人性的源頭。如今母親痛苦離世，記憶中的那抹陰影再度從暗黑中醒來。

鬥爭是什麼？人體試驗（或各種活體動物的試驗）是什麼？這些我全無興趣。我只知道，一個人或一個動物一株植物，如果是「非自願的原因」被迫死亡，那就是不可原諒的殘忍。

肉食動物殘暴，絕大部分是因為不那麼做牠們會餓死。人類的殘酷，卻可以有種種理由或根本不需要理由。不只是我的母親、祖父、曾祖父。還有更多我不識的人，更多我不識的動物和植物，在這人類主導的殘酷劇場中活著或死去。

究竟是什麼原因可以讓一個柔軟嬰孩，離棄最初的空白，逐漸向黑暗靠近，終於長成一把鋒利的屠刀或嗜血的斧頭？我不知道，過去沒有答案，將來也不會有答案。

做為一個誠實的書寫者，不可能略過這些。

然而，即使在最黑暗的地方，詩也不能只是控訴，否則它與「一日壽命」的新聞報導何異？詩必須是藝術，反過來說，任何的藝術形式也都是詩的變貌，詩意的延伸。當不同形式的詩通過藝術被記錄下來，自會產生力量。

我不知那力量會有多大，但只要詩與藝術存在一天，那力量就會綿延無盡。我始終相信著。

我不免也想起攝影家克里思多．史托翰，他鏡頭下的「陰影世界」：在籠中用大手緊抓柵欄的黑猩猩，牠絕望的眼神；患了傳染病，在柴堆中即將被燒死的小男孩，他絕望的眼神；廣島原子彈受難者的臉孔標本，他無聲吶喊的嘴；破了一個大窟窿的，野地裡的墓碑……我久久凝視這些照片，久久，感受到一種刨心的痛，和震撼。我想起了母親臨終前，絕望的眼神。

我想起「在命運幽暗的走廊」裡，那些「天上／地下／幽幽前行的隊伍」。這世界的瘋狂和殘忍遠超過我的想像。這世界的美也遠超過我的想像。

美麗星空下的荒蕪人世。只要還有呼吸，倖存者的日記就該繼續寫下去。

見證殘酷，並非為了恨，是因為有情。

為了記住美好。

2.

母親離世之前，我一直以為，活著，而且呼吸，是多麼天經地義的一件事。年少時，我因厭煩這殺戮爭鬥不斷的人世，常怨怪母親為何要把我生下來。

母親聽著我的抱怨，從沒說過一句話。

母親走後半年，我才知道她當初並不打算生下我。這一生是多出來的。

有段時間，我坐在母親空了的房間裡。看日影掠過窗檯，陽台上的植物漸漸變得黯淡，天地模糊起來。她鍾愛的小貓鬧鐘，在黑暗中還滴滴答答辛勤走著……。我還找到一個她珍藏的小獨角馬音樂盒，像靜靜秋光熟睡在櫥櫃一角。小獨角馬長著一對透明羽翼，瑩白的盒面彷彿夢中之雪。打開盒蓋，上緊發條，那音樂清揚悠遠，一如旅人的歌，漸歇漸止。這一切，真的都只是幻象嗎？如果我沒有來到這一世。

我翻開櫥櫃中的老相簿。想像當年被困難生活鎖住了的，疲憊的父母。三個女兒之後終於有了一個兒子。每天被生計追著跑被四個孩子追著跑，他們有一千個理由可以不要這個多出來的我。尤其是母親，父親常年在外辛苦工作，很長一段時間，她幾乎一人扛起照顧全家的責任。我無法想像她是如何做到的。

櫥櫃裡還有當年她寫給父親的一封信：「……我希望能努力維持一個家的溫馨……」

她終於決定留下我。從來，我只是任性的小女兒，擁有絕對的寬容和自由。如果沒有這些，我不可能拿起天馬行空的詩筆。

後來我變成母親的朋友，母親的姊姊。更後來，她變成我的小女兒。我帶她去很多地方。母親安靜、不多話，喜歡美好的事物，她一直是我最好的旅伴……

思念母親時，父親也會來到這裡，坐在母親常坐的小椅上，轉動那只秋光音樂盒。

父親說，還好母親當年把我生下來，否則這個家現在怎麼辦？

離開的人愈來愈多，我們守著這個漸漸變得冷清的家，覺得離開的人都並未離去。這是我們共同擁有的記憶的沙堡。

我漸漸明白了，什麼是值得的，需要在乎的。什麼是可以捨棄的。

詩是那不可能的夢中雪。純粹。透明。瑩白。

詩是最美麗的結晶體。

我但願能向那純粹更靠近一點。向靈魂，向真實，更趨近一點。

那必然是我多出來的一生，最大的意義。

詩集命名為「初生的白」，無非也因為此。

這本詩集，是五年來複雜心境的總結。（當然，還有一些更早的，例如〈黑暗之歌〉、〈星窗〉、〈巴爾蒂斯〉、〈妄念西雅圖〉、〈一張照片〉、〈繭〉。）在編排上，我特意將沉鬱近黑的放在前面，而逐漸趨向輕盈趨近白，無疑也是對自己的期待：我不希望在黑暗中停留太久。

從前我不喜歡談自己的事，但現在我想開始寫曾祖父、祖父、父母，更多人，甚至更多動物植物的故事。用詩用散文用我能記得的眼睛耳朵和心。我想讓這個世界知道，真實活過的生命，不會永遠被拋棄在荒野。

在一朵雲的奔跑裡，一棵樹的年輪裡。如果可以，我願意安靜地，用多出來的剩下的後半生。看秋夜裡的月亮升起，看大海映照星空，寫下我記得的。
這個淚中帶笑的世界。
一切都並非虛無。

二〇一七．秋分前夕

當代名家・羅任玲作品集1

初生的白

2017年10月10日初版　定價：新臺幣390元

著者	羅任玲
攝影	羅任玲
叢書主編	陳逸華
叢書編輯	張彤華
整體設計	朱疋
總編輯	胡金倫
總經理	陳芝宇
社長	羅國俊
發行人	林載爵

出版者	聯經出版事業股份有限公司
地址	台北市基隆路一段180號4樓
編輯部地址	台北市基隆路一段180號4樓
叢書主編電話	(02)87876242轉224
台北聯經書房	台北市新生南路三段94號
電話	(02)23620308
台中分公司	台中市北區崇德路一段198號
暨門市電話	(04)22312023
台中電子信箱	e-mail：linking2@ms42.hinet.net
郵政劃撥	帳戶第0100559-3號
郵撥電話	(02)23620308
印刷者	世和印製企業有限公司
總經銷	聯合發行股份有限公司
發行所	新北市新店區寶橋路235巷6弄6號2樓
電話	(02)29178022

行政院新聞局出版事業登記證局版臺業字第0130號

本書如有缺頁，破損，倒裝請寄回台北聯經書房更換。　ISBN 978-957-08-5016-1 (平裝)
聯經網址：www.linkingbooks.com.tw
電子信箱：linking@udngroup.com

國家圖書館出版品預行編目資料

初生的白/羅任玲著．初版．臺北市．聯經．2017年
10月10日（民106年）．296面．14.8×21公分（當代名家·
羅任玲作品集1）

ISBN 978-957-08-5016-1（平裝）

851.486 106016711